Andreas Findig

Die INSELN aus dem HUT

Illustrationen von
Winfried Opgenoorth

Verlag St. Gabriel

Die venezianische Riesenradinsel

Die venezianische Riesenradinsel war ziemlich klein. Sie war gerade groß genug für ein Aufzieh-Uhrwerk. Das war der Motor des Riesenrads.

Das Riesenrad drehte sich aber nicht von oben nach unten in der Luft, sondern rundherum im flachen Wasser. Und die Gondeln waren keine Seilbahnkabinen, sondern Boote.

Echte Gondeln eben.

Wie die in Venedig.

Und in jeder Gondel stand ein blecherner Gondoliere mit einem blechernen Sonnenhut und sang „O SOLE MIO!“ Die blechernen Gondolieri sangen aber so falsch, daß die ersten Besucher der venezianischen Riesenradinsel auch die letzten waren.

Nur Sir Archibald Chita, der hochberühmte Seefahrer-Affe, kommt ab und zu vorbei und zieht das Uhrwerk auf. Dann segelt er aber schnell weiter, bevor die blechernen Gondolieri zu singen beginnen.

15.
7.
94

Die Insel der 1000 Brücken

ach der Insel der 1000 Brücken hat Sir Archibald Chita, der hochberühmte Seefahrer-Affe, lange gesucht, und als er sie endlich fand, wollte er natürlich auf ihr landen.

Das ging aber nicht, weil die Insel der 1000 Brücken aus nichts als lauter Brücken bestand.

Und jedesmal, wenn Sir Archibald Chita mit seinem Schiff unter einer Brücke hindurchsegelte, gab es dahinter schon wieder eine neue Brücke.

Und hart backbord war es genauso. Und hart steuerbord auch. Und in Richtung zehn Uhr nicht anders als in Richtung zwei Uhr. Überall war es das gleiche.

Und jede der Brücken führte auf eine andere Brücke: auf schmale und breite, auf hohe und niedrige, auf Hängebrücken, Seufzerbrücken, Storchenbeinbrücken — sogar auf Schwimmflügelbrücken, Windmühlenbrücken, Düsenpfeilerbrücken und so weiter.

Ob es genau 1000 waren, hat Sir Archibald Chita nie herausgefunden, weil er irgendwann zu zählen aufhörte und einfach weitersegelte.

Was hätte er sonst schon tun sollen?

OP
GEN
OORTH

Die Insel des schwerhörigen Organisten

Früher, als er noch jung war (und noch nicht so schwerhörig), lebte der schwerhörige Organist auf keiner Insel. Als er aber älter wurde — und sehr, sehr schwerhörig —, sammelten die Leute in seiner Stadt so viel Geld, daß sie ihm eine eigene Insel kaufen konnten.

Auf der Insel gibt es nichts als einen kleinen Gemüsegarten und eine riesige, verstimmte Orgel.

Die Orgel ist verstimmt, weil ihre Pfeifen im Lauf der Zeit zu rosten begonnen haben und ihre Pedale von der Salzwasser-Gischt ganz krumm und verzogen sind.

Aber dem schwerhörigen Organisten macht das nichts aus. Seine Beine sind schließlich genauso krumm, und hören kann er nur noch die Musik in seinem Kopf — nicht die, die er wirklich macht.

Also spielt der schwerhörige Organist den ganzen lieben Tag auf seiner riesigen, rostigen Orgel. Und weil seine Insel im vergessenen Meer liegt, in dem es weit und breit keine Schiffe gibt, ja nicht einmal Fische und Wale, macht es auch niemandem etwas aus.

Und abends bedankt sich der schwerhörige Organist beim Himmel und bei den Wolken fürs Zuhören, öffnet die Tür zur größten Orgelpfeife und legt sich friedlich schlafen — ein glücklicher, schwerhöriger Organist auf der Insel des schwerhörigen Organisten.

23. 6. 95

Die Insel des Inselstrickers

Auf der Insel des Inselstrickers saß der Inselstricker und strickte.
Und was strickte er?
Er strickte die Insel, auf der er saß.

Die Insel des Inselstrickers war nämlich eine gestrickte Insel — die der Inselstricker strickte.

Und wo nahm der Inselstricker die viele Wolle her? Aus der Insel natürlich, da nahm er die Wolle her.

Und so strickte der Inselstricker die Insel, auf der er saß, und trennte sie wieder auf. Und er trennte sie auf und strickte sie neu — die Insel des Inselstrickers.

Die Insel mit dem Meeresbrunnen

Lange Zeit waren sich die Gelehrten und Seeleute und Inselentdecker darüber uneinig, ob es die Insel mit dem Meeresbrunnen überhaupt gibt.

Die einen sagten: „Irgendwo muß das Meer ja herkommen. Also muß es auch irgendwo die Insel mit dem Meeresbrunnen geben. Und das ist der Brunnen, aus dem das Meer kommt."

Und die anderen sagten: „Blödsinn!"

Und die einen sagten: „Warum sagt ihr ‚Blödsinn'?"

Und die anderen sagten: „Weil es in keinem Buch steht, darum."

Also gut.

Damit mit dieser Streiterei ein für allemal Schluß ist, zeigen wir euch hier Sir Archibald Chita, wie er seine Fahne auf der Insel mit dem Meeresbrunnen aufstellt. Und zwar — jawohl! — genau neben dem Brunnen, aus dem das Meer kommt.

Es gibt sie also doch, die Insel mit dem Meeresbrunnen.

Und in einem Buch steht's jetzt auch.

Also, daß mir jetzt keiner mehr kommt und sagt, die Erde ist eine Scheibe, die Wolken sind aus Zuckerwatte, Katzen können nicht reden und die Insel mit dem Meeresbrunnen gibt es nicht.

Die Unterwasser-insel

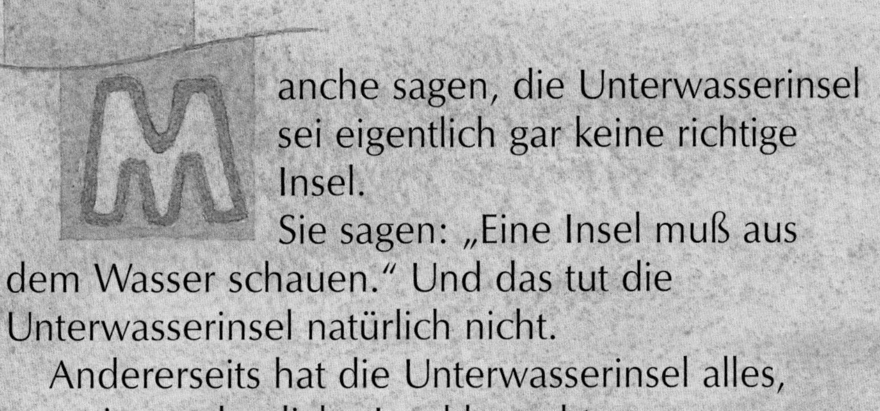

anche sagen, die Unterwasserinsel sei eigentlich gar keine richtige Insel.

Sie sagen: „Eine Insel muß aus dem Wasser schauen.“ Und das tut die Unterwasserinsel natürlich nicht.

Andererseits hat die Unterwasserinsel alles, was eine ordentliche Insel braucht: einen Strand, schöne Bäume — und sogar einen Liegestuhlverleih.

Den betreibt Octoboy, der Bademeister-Krake.

Und auf den Liegestühlen lümmeln sich alle Fische der Umgebung und schlürfen Algenlimonade.

Wenn das keine richtige Insel ist, dann weiß ich nicht.

Oder was?

Die Insel des gestrandeten Astronauten

Am Abend sitzt der gestrandete Astronaut auf der Insel des gestrandeten Astronauten und schaut auf die Sterne.

Einer davon ist der Stern, von dem er kommt. Genauer gesagt, einer der Sterne ist die Sonne des Planeten, von dem er kommt.

Auf dem Planeten, von dem der gestrandete Astronaut gekommen ist, gibt es keine Meere. Und weil es keine Meere gibt, gibt es auch keine Inseln.

Und darum weiß der gestrandete Astronaut auch gar nicht, daß er auf einer Insel gestrandet ist.

Genauer gesagt auf einer unentdeckten Insel in einem unerforschten Meer — auf einem Planeten, den er nicht kennt.

Das ist nun wirklich Pech. Dreifaches Pech sozusagen.

Die Achterinsel

Als Sir Archibald Chita, der hochberühmte Seefahrer-Affe, die achte Insel entdeckte, traute er seinen Augen nicht. Denn die achte Insel war die Insel mit dem Achter-Strand. Der Strand dieser Insel war kein Ring, sondern eine Achterschleife. Und noch dazu war die Achterschleife verdreht!

Sir Archibald Chita konnte nicht herausfinden, wo bei dieser Insel oben und unten war. Er konnte nicht einmal landen, um seine Fahne aufzustellen.

Also nannte er die Insel „Drunter-und-Drüber-Insel“ und segelte weiter.

Aber in Wahrheit hieß die Insel einfach „Achterinsel“, weil sie die achte Insel war.

Die Insel der Inselentdecker

Auf der Insel der Inselentdecker lebten — wie sollte es anders sein — die Inselentdecker.
Das waren alles ehrenwerte Männer, die es sich zur Lebensaufgabe gemacht hatten, eine Insel zu entdecken.
Weil sie aber keine Schiffe hatten, war die einzige Insel, die sie entdecken konnten, ihre eigene. Und weil eine Insel nur einmal entdeckt werden kann, und das nur von einem einzigen, gab es auf der Insel der Inselentdecker tagaus, tagein Streit.

Und jeder der ehrenwerten Männer lief schimpfend und zeternd herum und verkündete:

„ICH HABE DIESE INSEL ENTDECKT!"

Das änderte sich erst, als Sir Archibald Chita, der hochberühmte Seefahrer-Affe, die Insel der Inselentdecker entdeckte.

Seither haben die ehrenwerten Männer auf der Insel der Inselentdecker überall Schilder aufgestellt, auf denen steht:

Da sind sich alle einig.
Und jetzt ist endlich Frieden.

Die Insel des fleißigen Einbrechers

Auf der Insel des fleißigen Einbrechers lebte der fleißige Einbrecher in einem wunderschönen Haus voller eingeschlagener Fenster.

Der fleißige Einbrecher war so fleißig, daß keine Nacht verging, in der er nicht einbrach — mit Taschenlampe, Handschuhen, schwarzer Maske, Fenstereinschlagen und allem Drumherum.

Dann nahm er, soviel er tragen konnte, und schleppte es in sein wunderschönes Haus.

Nur mit dem Fenstereinschlagen war es bald vorbei, weil es weit und breit keinen Glasermeister gab.

Denn das Haus des fleißigen Einbrechers war das einzige Haus auf der ganzen Insel.

Die sonderbare Sanduhrinsel

lle sieben Tage muß die sonderbare Sanduhrinsel umgedreht werden. Das macht der sonderbare Sanduhrinsel-Umdreher. Dann stellt er die Insel — und sich selbst — auf den Kopf.

Und die Insel rutscht vom Boden des Glases in den Trichter.

Und schon rieselt der Sand wieder nach unten.

Und die Felsen ziehen den Bauch ein und flutschen hindurch.

Und die Palmen verlieren den Boden unter den Wurzeln und fallen hinterher.

Eigentlich möchte der sonderbare Sanduhrinsel-Umdreher schon lange in Pension gehen — weil er ständig einen nassen Hosenboden oder eine nasse Mütze hat. Aber bis heute hat sich noch niemand gefunden, der seine Stelle übernehmen will. Irgendwie ist dieses Sanduhrinsel-Umdrehen auch ziemlich anstrengend. Und ziemlich kompliziert. Oder nicht?

Die unbewohnbare Radioinsel

In der Mitte der unbewohnbaren Radioinsel steht eine rosarote Sendeantenne und sendet, was sie kann. Aber alles, was sie kann, ist das Lied vom rosaroten Igel, der sich in einen rosaroten Luftballon verliebt hatte. Das Lied ist so himmeltraurig, daß sich bis heute niemand auf der unbewohnbaren Radioinsel niedergelassen hat.

Außer vielen rosaroten Radios, die das Lied aus vollem Lautsprecher nachsingen, ohne es zu verstehen.

Und außer einem rosaroten Igel, der sehr nachdenklich ist und nie wieder einen rosaroten Luftballon küssen wird.

Ganz bestimmt nie wieder, nein.

F Ü R
100 300 700 500 1000 850 900 400
V A L E R I E

Die Inseln aus dem Hut

Jeden Abend zog Pomposeidon, der pompöse Wellenzauberer, die Insel aus dem Hut aus dem Hut. Das heißt: Er tut es noch immer. Abend für Abend. Natürlich ist die Insel aus dem Hut eigentlich viele Inseln: viele verschiedene Inseln, von denen du einige schon kennengelernt hast.

Manche sagen, Pomposeidon, der pompöse Wellenzauberer, tut das alles für Sir Archibald Chita, den hochberühmten Seefahrer-Affen.

Damit der was zu entdecken hat.

Aber in Wahrheit tut er es natürlich allein für dich.

Damit du was zu träumen hast — von immer neuen Inseln in fernen und nahen Meeren. Du brauchst sie nur zu entdecken . . .

7.2.95

Umschlag und Illustrationen von Winfried Opgenoorth
ISBN 3-85264-475-5
Satz: Fotosatz St. Gabriel
Reproduktion: Stallovits, Wien
Druck: Theiss Druck, Wolfsberg
Printed in Austria